Brave Little Tailor

Ilustrações © Elder Galvão

© Editora do Brasil S.A., 2024
Todos os direitos reservados

Direção-geral	Paulo Serino de Souza
Direção editorial	Felipe Ramos Poletti
Supervisão editorial	Carla Felix Lopes e Diego da Mata
Edição	Camile Mendrot | Ab Aeterno
Assistência editorial	Marcos Vasconcelos e Pedro Andrade Bezerra; Enrico Payão | Ab Aeterno
Auxílio editorial	Natalia Saeda
Supervisão de arte	Abdonildo José de Lima Santos
Gerência editorial de produção e design	Ulisses Pires
Edição de arte e diagramação	Ana Clara Sugano | Ab Aeterno
Design gráfico	Ariane Adriele O. Costa
Supervisão de revisão	Elaine Cristina da Silva
Revisão	Natasha Greenhouse e Sarah Garnett | Ab Aeterno

1ª edição / 1ª impressão, 2024
Impresso na Hawaii Gráfica e Editora

Editora do Brasil

Avenida das Nações Unidas, 12901
Torre Oeste, 20º andar
São Paulo, SP – CEP: 04578-910
www.editoradobrasil.com.br

abdr
Respeite o direito autoral

Brave Little Tailor

TRADUÇÃO E ADAPTAÇÃO:
MARIA CAROLINA RODRIGUES
ILUSTRAÇÕES: ELDER GALVÃO

Editora do Brasil

A little tailor lives in a little town.

She swats them away!
Happy, she makes a sash that says: "Seven with one hand!".

The little tailor wears her sash everywhere.

She sews pants, shorts, shirts, and t-shirts all day.

One day, some flies start buzzing around her bread and jam.

A giant hears about the little tailor and invites her to a competition.

The giant squeezes a rock.
The little tailor squeezes a piece of cheese.

The giant throws a rock. It goes far.
The little tailor drives a bird away. It flies.

Happy, the giant invites the little tailor to meet the other giants.

The tailor goes and comes back alive!

The little tailor is a hero!
But the little tailor is also nice.
Everyone likes her.